S'il emploit pour le peindre un pinceau si fidele · · · · · · · *C'est pour le suivre en tout côme un parfait modele*

A MONSEIGNEUR
LE DUC
DE VENDOSME.

POEME HEROIQUE.

E Ciel, qui pour le bien des Mortels s'interesse,
Pressé de leur marquer l'excés de sa tendresse,
T'a mis la foudre en main pour leur donner la paix,
Se prepare à combler l'ardeur de leurs souhaits.
Tandis que les frimats ravageront la terre,
Pour suspendre le cours des fureurs de la guerre,
Il est juste qu'aprés tant de travaux guerriers,
Tu goûtes le repos à l'abri des lauriers.
Aux grands empressemens des vœux de tout le monde,
Prince auguste, il est temps que ta bonté réponde,
Et que satisfaisant à son flateur espoir,
Tu ne le prive pas du desir de te voir.
Aux redoutables feux de ta valeur guerriere,
Mets donc pour quelques jours une forte barriere;
Et viens participer aux innocens plaisirs,
Qu'il semble que l'hiver prepare à tes loisirs.

A

Donne telâche au Pô, qui gemit, qui foupire ;
Puifqu'aprés ton repos tout le monde refpire.
La moiffon des lauriers au doux gré de tes vœux,
Se fait lorfqu'il te plaift, & toûjours quand tu veux.
Tandis qu'il reviendra de fes frayeurs mortelles,
Laiffe-toy preparer des victoires nouvelles.
C'eft en vain qu'il appelle Eugene à fon fecours :
Il craint de ta valeur le redoutable cours.
Heros, contente donc noftre plus chere envie :
Viens goufter un moment les douceurs de la vie.
Noftre preffant amour, nos defirs, nos refpects,
Demandent de te voir pour quelque temps en paix.
Tu peux, quand tu voudras, d'une nouvelle foudre,
Fraper nos ennemis, & les reduire en poudre ;
Puifque ton bras puiffant à vaincre accoutumé,
Du defir de la gloire eft toûjours animé.
Aprés avoir rendu ta memoire éternelle,
Permets nous de t'aimer d'une amour immortelle.
Tu remplis nos defirs, & pour mieux m'exprimer,
On eft fans te connoiftre obligé de t'aimer.
Illuftre Conquerant, dont la valeur extrême,
Enrichit des Bourbons l'éclat du diadême,
Invincible Heros, qui du plus grand des Rois,
Maintient les faints Autels, la juftice & les loix ;
Intrepide vainqueur qui du fanglant carnage
Des fiers Guerriers du Pô fais fumer le rivage,
Et qui par le brillant de tes faits inoüis.
Fais les plaifirs du peuple & l'amour de Loüis :
Que mon fort feroit beau, fi le feu qui m'anime
A chanter tes vertus, m'attiroit ton eftime !
Et fi voulant tracer tes Exploits glorieux,
Je pouvois meriter un regard de tes yeux !
Je tremble, quand j'y fonge ; & ma Mufe en balance
N'oferoit l'entreprendre au moment qu'elle y penfe :
Inftruite qu'il faudroit de plus fçavans pinceaux

Pour peindre feulement tes triomphes nouveaux.
Toutefois enflammé des feux d'un fi beau zele,
N'empruntons que les traits de ma Mufe fidele,
Pour peindre les Exploits de ce fameux Vainqueur,
Tels que je les connois, & qu'ils font dans mon cœur.
A la vivacité de fes tendres années
On vit qu'elles feroient fes grandes deftinées,
Quand fuivi de fon frere, aîlez fur deux chevaux,
Des eaux fieres du Rhein ils fendirent les flots.
Le bruit de fes hauts faits, fes premieres victoires,
Meritent dés longtemps des volumes d'hiftoires;
Puifqu'à peine eftoit-il à la fleur de fes ans
Qu'il marcha fur les pas des plus grands Conquerans.
Dans le luftre où l'on vit les ingrates Provinces,
Liguer tout l'Univers contre les droits des Princes,'
Armer le Rhein, le Tage, & le Nord contre nous,
Pour nous facrifier à leur fatal couroux:
Combien de ton grand cœur ces injuftes Monarques
N'éprouverent-ils pas les furprenantes marques,
D'un Heros invincible & preft à les punir,
S'ils ofoient contre nous armer à l'avenir?
Jamais Bellonne & Mars, ni fur mer, ni fur terre,
Ne ralumerent plus leur foudroyant tonnerre,
Que lorfque Barcelonne imprenable autrefois,
Fuft par fon bras reduite à vivre fous nos loix:
C'eft là qu'on vit briller fon genereux courage,
Et que volant partout fans crainte du naufrage,
Il fe fit remarquer comme une autre Pallas,
En bravant & la foudre & l'horreur des combats.
C'eft dans cette heroïque & fuperbe conquefte
Qu'on vit de tous coftez éclater fur fa tefte
Le feu des Affiegez, & que fes Etendars
N'en brillerent que mieux aux pieds de leurs rempars.
Le plus grand des Cefars allant à la victoire,
Par fa valeur jamais ne s'acquit plus de gloire,

Qu'en prenant cette ville, & rompant les projets
Des ennemis, forcez de demander la paix.
Harmſtat, tu ſentis ſi ville fut conquiſe
Plus courageuſement avec plus d'entrepriſe,
Et ſi tu vis jamais d'aſſaut plus vigoureux
Que celui que donna ce Prince genereux.
Tu fus honteux témoin des faits de cet Alcide,
Et des efforts hardis de ſon cœur intrepide,
Puiſque pour arreſter ſes travaux fructueux
Tu fis pleuvoir ſur luy des deluges de feux.
Si j'oſe ſur Mantouë expoſer ſes miracles,
Trouverai-je dans moy d'aſſez doctes oracles,
De plume aſſez ſubtile, & d'aſſez fort pinceau,
Qui puiſſent tous enſemble en tracer le tableau ?
Dans cette occaſion Eugene dût connoiſtre
Que dans l'art de la Guerre il rencontroit ſon maiſtre,
Puiſqu'il ſe vit forcé de rompre le blocus
D'une ville ſurquoi ſon bras comptoit le plus.
Quelle ſurpriſe eut-on de voir cette Province
Soumiſe au ſeul abord de noſtre illuſtre Prince,
Dont le Peuple admirant les grandes actions,
Ne jettoit plus de cris que d'acclamations?
Paſſerons-nous Aſti ſous un profond ſilence,
Cette ville invincible où brilla ſa vaillance,
Par un ſuccés ſi digne & plein d'étonnement,
Qu'il ſembloit l'avoir priſe avec enchantement :
C'eſt-là qu'on vit ſes jours expoſez aux tranchées
D'expirans & de morts de tous coſtez jonchées ;
Où les foudres lancez, miniſtres du trépas,
Enterroient à ſes yeux mille & mille ſoldats.
Ce Fort à tant de Rois affreux & formidable,
Dont l'abord à tout autre eſtoit impraticable,
En dépit des travaux de nos fiers ennemis,
Se vit en peu de temps à ſa valeur ſoumis.
Bar qui brava les Loix des Teſtes couronnées

Pendant le cours fâcheux d'un grand nombre d'années,
Dans fa courfe rapide eut-il un fort plus doux ?
Puifqu'il fut mis en proye à fon jufte courroux :
Ce Fort contr'efcarpé d'un glacis imprenable,
Qui des plus grands Guerriers fut l'écüeil redoutable,
Fut forcé de fe rendre aux travaux dont ton bras
Sans relâche animoit le cœur de fes foldats :
On vit le Pô fougueux luy fouffrir le paffage,
Comme à fes Efcadrons d'une Armée à la nage,
Qui fe faifant un pont des plus hardis chevaux,
Vont d'Eugene braver les orgueilleux travaux.
En vain fur luy ce Prince avoit les avantages,
Et du feu des Canons fit couvrir les rivages,
Loin d'eftre à ces dangers effrayé par la peur,
On en vit cent fois mieux éclater fa valeur.
Ma Mufe, que fais-tu ? Croy moy, fufpend ta lyre.
Il eft mille hauts faits que tu ne peux décrire.
Paffe fur l'Oglio, vole fur Leridan,
Tu connoiftras quel eft ce fameux Conquerant.
C'eft dans ces triftes lieux où tu pourras apprendre,
Que Vendofme en naiffant eft un autre Alexandre,
Et que forti du Sang illuftre de Bourbon,
Il en a doublement le merite & le nom.
A ces fublimes mots, quoy donc ma Mufe tremble ?
D'entendre prononcer tant de vertus enfemble,
Eh ! ne fçait-elle pas que le Sang des Bourbons
Efface des Cefars les vertus & les noms.
Loüis le plus grand Roy de la terre & de l'onde,
Dont les faits inoüis ont furpris tout le monde,
Eft le miroir vivant fur qui tous les Heros
Font gloire de regler leurs pas, & leurs travaux.
Son exemple a formé de fi grands Capitaines,
Qu'on ne voit dans nos champs & dans nos vaftes plaines
Que foldats, que heros & que fameux Guerriers
Moiffonner à l'envi les glorieux lauriers.

Reprens ton cours, ma Muse, & perce les montagnes ;
Et tu découvriras les affreuſes campagnes,
Encor teintes du ſang d'expirans & de morts,
Dont on verra longtemps fumer les triſtes bords.
Fais parler Luzara ſur l'inſigne victoire,
Que ſa valeur gagna dans le champ de la gloire,
Où le grand de Crequy, voulant ſuivre ſes pas,
Couronna ſes beaux jours d'un glorieux trépas.
De Veruë, & Chivas parcoure le rivage,
D'Yvrée, & l'Oglio vois quel eſt le partage :
Tu verras d'un clin d'œil des Forts enſevelis,
Dont la cendre à jamais fera briller nos Lys.
Va plus avant, pourſuis ta glorieuſe route,
De nos fiers ennemis vois quelle eſt la déroute,
La Mirandole priſe & ſubjuguée aux loix
Du Monarque puiſſant de l'Empire François ;
Mais Ciel ! qui de Veruë expoſera le gouffre ?
Dont les mines n'eſtoient que ſalpeſtre & que ſouffre,
Et l'enceinte des murs muni de toutes parts
Des plus forts baſtions qui gardoient les remparts ?
C'eſt dans cette entrepriſe, où le pinceau fidele
Avec des traits hardis poura peindre le zele,
Qui portoit ſon grand cœur à ſoûtenir les feux
Qui ſortoient à boüillons de leurs fourneaux affreux.
Quoy Veruë en nos fers ! d'éternelle memoire
Les Luſtres raſſemblez oſeront-ils le croire ?
Alexandres, Ceſars ſortez de vos tombeaux,
De Vendoſme admirez les prodiges nouveaux.
Il n'eſt pas encor temps de couronner ſa gloire.
Allons à Caſſano : c'eſt d'elle dont l'hiſtoire
Avec des lettres d'or dont brilleront les traits,
Immortaliſera la victoire & les faits.
Eugene, que devient ce courage invincible
A qui depuis longtemps tout paroiſſoit poſſible ?
L'orgueilleuſe fureur de ton bras en couroux

Cede à Vendofme enfin, & fe rend à fes coups.
Tu ne dois pas trouver cette victoire étrange :
C'eſt de celle d'Hochſtet dont Vendofme fe vange.
Tu ſçais que fa valeur accompagnant fes pas,
La victoire en tous lieux ne l'abandonne pas.
Quand ton bras a voulu difputer l'avantage
De triompher fur luy, c'eſtoit n'eſtre pas fage,
Et vouloir offufquer le brillant d'un Vainqueur
Né des plus grands Guerriers l'ornement & l'honneur.
Sa fageſſe en tous lieux prend fi bien fes mefures,
Qu'elle ſçait du deſtin fixer les aventures,
Et par mille détours aux plus hardis Guerriers
Enlever la victoire & ravir les lauriers.
Tu mis toute ta rufe afin de le furprendre :
Mais ce Prince prudent habile à fe défendre
Des pieges fecrets de ton efprit mouvant,
En prévint les détours & courut au devant.
De quel étonnement fut ton ame faifie !
Lorfque de tes Guerriers une troupe choifie,
D'un de nos Efcadrons voulant rompre le cours,
Tu vis à tes coſtez Vendofme à fon fecours,
Tu ne connus que trop par ton experience
Ce que peut fa valeur & quelle eſt fa puiſſance,
Puifque le fabre en main tu vis fous fes efforts,
Tomber tes Efcadrons bleſſez, mourans ou morts.
Du fang de tes foldats courageux intrepides,
Ne vis tu pas encor les ondes plus rapides,
Et de fept mille ou plus par les noſtres jettez
Les cadavres fanglans floter de tous coſtez.
Dans cet affreux combat où l'horreur de la guerre
Sembla te faire voir les Enfers fur la terre,
Tu ſçais que des dangers il affronta le fort
Lorfque l'on vit tomber fous luy fon cheval mort.
D'abord, mais vainement, la Fortune à ta gloire
Parut vouloir donner l'éclat de la victoire.

Son exemple heroïque animant ses soldats
Fit changer la victoire en faveur de son bras,
L'exemple d'un Heros si grand, si magnanime,
Est un Maistre sçavant qui dans l'art les anime
A ne jamais trembler, & braver de la mort
La crainte redoutable & le malheureux sort.
Ce Prince genereux pour s'en faire connoistre,
Se gouverne avec eux en frere & non en maistre,
Aussi sont-ils tous prests de repandre leur sang,
Pour conserver les jours de ce grand Conquerant.
En vain pour arrester le cours de ses conquestes
L'orgueilleux Eridan excita des tempestes,
Qui glissant dans son sang leur maligne vapeur,
D'une fiévre violente attaqua sa vigueur.
En vit-on moins briller l'ardeur de son courage,
Lorsqu'Eugene voulant se tracer un passage,
Pour ranimer Turin par un secours puissant,
Il se vit repoussé de son bras triomphant.
Mais, ma Muse, à quoy bon suspendre nostre attente,
Et le nouvel éclat de sa vertu brillante?
Laisse luy consommer l'ardeur de ses beaux feux,
Pour vaincre en triomphant au gré de tous ses vœux :
Laisse-le donc monter au sommet de la gloire,
Pour immortaliser son auguste memoire,
Tandis que le Seigneur pour prix de ses travaux,
Luy prepare à jamais des triomphes plus beaux.

Par son tres humble serviteur, POURADIER.

Permis d'imprimer. Ce sixiéme Octobre mil sept cens cinq;
les six & vingt-troisiéme Février mil sept cens six.
M. R. DE VOYER DARGENSON.

Registré sur le Livre de la Communauté des Libraires & Imprimeurs
de Paris, page 1, numero 3, conformément aux Reglemens. A
Paris le huitiéme Mars mil sept cens six.

Signé, GUERIN, Syndic.

A Paris, chez la VEUVE LOUIS VAUGON, ruë de la
Huchette, vis à vis l'Ange. 1706.

www.ingramcontent.com/pod-product-compliance
Lightning Source LLC
Chambersburg PA
CBHW070805200626
46811CB00023B/2462